KB180176

오늘도
내 마음에
들고 싶어서

버들 × 글 × 그림

오늘도 내 마음에
들고 싶어서

매일 나를
들여다보기 위해
마음의 문을 두드립니다.

FIKA

지금보다 더 잔잔하고 담백하게 삶을 꾸려나가는 것.

생활에서 요가와 명상이 주가 되어 마음공부를 부지런히 하던 시기에 머릿속에 그려놓은 이상적인 내 모습이었다. 단정한 일상이 무탈하게 이어질 때는 그렇게 살고 있다고 실감할 때도 있었다. 그런 생각이 들면 뿌듯하다가도 마음 한편에는 나를 이루는 소중한 요소들을 옷장 안에 쑤셔 넣고 억지로 문을 닫아버린 듯한 불편한 마음이 공존했다.

마음의 목소리가 크다 보니 삶의 물결이 일으키는 파동도 크다. 셀 수 없을 만큼의 크고 작은 파도를 만나 고군분투하며 나에 대해 알게 된 사실이 있다. 담담하게 살고 싶지만 타고나길 그것과 거리가 멀다는 것. 요란스럽게 넘어져서 한바탕 크게 울어도 금세 툭툭 털고 일어나는 사람이라는 것.

잘 살아보려고 바동대다가 삶에 큰 파도가 치면 누구보다 잘 휘청거렸다. 그러면서도 금방 털고 일어나 겁도 없이 바다를 향해 넙죽넙죽 뛰어들었다. 무릎이 까져가며 파도타기를 반복하다 보니 나름 파도의 종류를 구별해 내는 노하우도 생긴 것 같다. 내가 타야 할 파도 앞에선 몸을 내던졌고, 어떤 파도는 조용히 지나가길 기다릴 줄도 알게 되었다.

오늘도 내 마음에 들고 싶어 분투한 삶을 담은 몇 년간의 기록이 한 권의 책이 되어 세상에 나왔다. 잘 살고 싶어 애쓰는 어떤 날엔 내가 낸 기합소리에 질리기도 했지만, 소리가 메아리쳐서 다시 내게 왔을 때는 그 소리에 힘을 내서 일어날 수 있었다.

어제보다 나은 내가 되려고 애쓴 하루를 보내고 오늘을 되새김질했을 때, 내가 밖에서 얻으려고 했던 것들이 가만 보니 내 안에 이미 있다는 걸 앎으로 마침표를 찍고 잠들길 바란다. 자고 일어나 다음 날 처음인 양 반복하게 되더라도 오늘도 내 마음에 들고 싶은 바람을 등에 업고 삶을 다듬는 노력을 게을리하지 않길. 나도 당신도.

2023년 초겨울 버들 🐾

차
례

PART 1 ————————————————

나를 사랑하게
만드는
일상들

PART 2 ——————————————————————

오늘도
잘 살고
싶어서

PART 3 —————————————————————

우리가
나에게
가르쳐준 것들

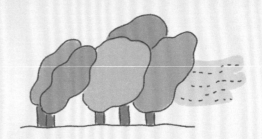

PART 4

흔들려도
나답게

PART 1

나를 사랑하게
만드는 일상들

가뜬한 마음으로

요즘 부쩍 하고 싶은 게 많아졌다.

바람과 나무에
봄의 기운이 느껴지면

겨울잠을 자고 일어난 곰이
먹이를 찾아다니듯
구석구석 활기가 돌아서일까

가볍게 시작해요.
너무 거창하면
거창함의 무게에 짓눌려요.

얼마전 들었던 인가경진 수업에서
선생님이 하신 말씀이 머리에 떠다닌다.

뭔가를
시작하는 것에 대한 부담은
자세히 살펴보면 잘 해내고 싶은
욕심의 모양을 하고 있다.

선 하나만 긋고 자자는 마음으로
드로잉북을 열면

오잉
새벽이네
벌써

연필과 대화하듯
시간 가는 줄 모르고

스트레칭만 하자는 마음으로
매트를 깔았다가도

맺히는 땀방울에
입고 있던 옷을 하나둘 벗어던지며
자연스레 깊어지는 움직임

입춘이네

어쩐지
설렌다

그러니
뭐든 가벼운 마음으로 시작하자.

그 가뜬함을 타고 날아 어디든 가보자.
그곳이 어떨지는
훗날의 나만 알 수 있을 테니깐.

보송보송

나는
환기 시키는 거랑

볕에 말리는 걸
참 좋아한다.

날 좋을 때 맞바람이 통하게 문을 활짝 열어두고

텀블러나 그릇은 수건으로 닦기보다
물기가 없어질 때까지 보송하게 말리는 게 좋다.

나도 마찬가지.

지금 내가 서 있는 곳이 그늘처럼 느껴지면
일부러 나가서 걷는다.

볕이 있는 곳에 가서
잠시 눈을 감고 앉아 있으면
몸과 마음이 살균되는 기분이다.

마음이 축축하게 가라앉는 기분이 들면

내게 햇빛 같은 사람을 만나고

그런 물건을 곁에 두고
그런 장소에 일부러 찾아간다.

마음에 곰팡이가 생기지 않게
제때제때 그렇게.

하루의 시작

일 년 동안 하던
아침 요가 수업을 그만두고 나니
여유가 스며든 평일의 아침

풋 자고 일어나
꿈뻑꿈뻑 천장을 바라보다가

한드폰으로 향하는 손을 가까스로 참아내고
누운 채로 어제 침실로 가져온 책을 펼친다.

핸드폰을 종일 끼고 지낼 테니
하루의 시작만큼은 오늘의 몫으로 만나는
한두 페이지를 읽어 내려간다.

내 하루의 태도를 결정하는 것도 같고-

걸림이 없는 아침, 좋다.

금세 걸리는 것을 찾아내버리지만...

평온했던 순간을 수집하며 시작하는 아침.

주말 오후 결혼식에 다녀왔다. 결혼식장 근처에 뭐가 있는지 찾다 보니 마침 문래동이 바로 옆이었다. 햇살에선 건조기에서 갓 꺼낸 보송한 빨래 냄새가 나고, 다음 약속인 독서 모임까지는 시간이 널널했다. 휴대폰을 가방에 넣고 문래동 방향으로 목적 없이 그저 걸었다.

몇 년 전 직장 생활을 했던 충무로, 살았던 후암동과 자양동, 자주 가는 성수동과 마찬가지로 문래동도 세월의 흔적이 골목마다 묻어난다. 걸음걸음마다 근심을 흘리는지 걸을수록 가벼워지는 곳은 아무래도 이쪽이다. 빛이 바랜 분위기가 뿜는 안정감이 있다. 키가 크고 오래된 나무도 한몫한다.

지금 살고 있는 동백의 나무들은 신도시답게 아직 앙상하고 잎사귀가 자잘해서 수줍은 청년 같다. 반면 오래된 동네의 나무들은 언제부터 그 자리에 있었는지 가늠이 가지 않는 서당의 훈장님 같다. 손질을 위해 철마다 잘려 나가도 콧방귀를 뀌며 잘린 자리에서 다시 손가락을 사정없이 뻗어내는 여유가 있다. 나이를 알 수 없는 나무들과 나란히 길을 걷다 보면 경외심이 새어 나온다. 이게 바로 오래된 동네를 거니는 맛이다.

긴치마를 입고 보폭이 안 나와서 치맛단과 싸우듯 걸었다. 걷다 보니 구겨진 줄도 몰랐던 마음이 서서히 펴지고, 그 사이로 햇살이 스며 살균이 됐다. 집에 와보니 밑단이 죄다 터져서 치마 길이는 더 길어져 있었지만, 성큼성큼 내 보폭대로 걷길 잘했다는 생각이 들었다.

오늘은 딱 그렇게 걷고 싶은 날이었다.

대성통곡의 날

나에겐 일 년에 한 번 꼴로
대성통곡을 하는 날이 있다.

작년에는 친구네 집에 모여 술을 먹고
기분 좋게 놀다 들어와서는 엉엉 울었다.

아보씨가 당황해서 이유를 물었지만
나는 이유가 없다고 했다.

정말 이유가 없기 때문이다.

다음날, 숙취와는 별개로 마음이 무척 개운했고
아보씨는 울다 잠든 내가 걱정돼서
밤새 잠을 한숨도 못 잤다고 한다.

이유 없이 대성통곡하고 싶어지는 마음을
그에게 이해시키기까지 오래걸렸다.

마음에 쌓였던 노폐물이 빠져나가는 그 느낌을
경험해보지 않고서는 납득이 어렵기 때문이다.

대성통곡의 날이 정해져 있지는 않다.

일단 울다 보면 오늘이라는 걸 깨닫는데
작년엔 하필 새벽이라 자다 깬 아부씨에게 미안했다.

올해 대성통곡의 날은 얼마 전이었다.

대성통곡의 날에는 부스터 역할을 하는
맥주가 필수다.

드라마는 슬픈데 맥주가 떨어져서
옆방에 있는 아빠씨에게 카톡을 보냈다.

정기적으로 엉엉 울고 싶어 하는 나를
이제는 조금이나마 이해한 듯한 아브씨는

별말 없이 맥주를 사다줬다.

아브씨 덕분에
올해도 대성통곡의 날을 잘 보냈다.

이상 주사 부린 이야기 끝.

운동을 하는
이유

요즘은 주 5회 이상 땀 흘려 운동을 하고 있다.
주 3회 요가원, 홈트 30분, 짬이 안 나면 전신운동 10분이라도..!

내가 운동을 하는 이유는
몸에 근육을 쌓기위해서도 있지만

마음에 근육을 쌓기 위함이 첫 번째다.

음식 조절 없이
이 정도 운동만으로
살이 빠지지는 않는다.
(체중 유지 정도..?)

안속스럽게 운동을 마친 날이연

말도 안 되게 끼어드는 차를 보도
이해해 주기도 하고 ,

후켁 — !

평소보다 너그러운 나를 만나기도 한다.

바늘 하나 들어갈 틈이 없던 내 마음에
공간이 생긴다.

그런 날이 반복되다 보면
내가 꽤 좋은 사람이 된 것 같은
기분이 든다.

지금 사는 동네로 이사 왔을 때 처음 갔던 카페가 있다. 커피와 디저트는 말할 것도 없고 창밖으로는 초록이 가득한 곳이었다. 단골이 되어 민구와 아보 씨와도 부지런히 다녔다. 평일에는 점심 즈음 민구와 자주 들렀고, 주말에는 아보 씨도 함께 카페에 앉아 양이 많아 혼자서는 먹지 못했던 디저트를 시켜 나눠 먹으며 책을 읽었다.

모든 게 좋았지만 이 카페에 마음을 내어준 결정적인 계기는 따로 있었다. 그것은 바로 처음 갔던 날, 내가 앉은 자리 바로 옆에 붙어 있던 〈월레스와 그로밋〉 그림 엽서. 특히 내가 가장 좋아하는 '달에서 치즈를 먹는 장면'을 담은 그림이었다. 마음을 여는 순간은 이렇듯 사소하게 시작된다.

바람이 시원해지면서 편집자님과 약속한 시간이 다가왔고 세 번째 책 작업에 박차를 가할 시기에 마침 집 가까운 곳에 카페가 2호점을 냈다. 오픈 소식을 본 다음 날 신이 나서 눈을 뜨자마자 도보시간을 체크할 겸 산책 삼아 다녀오기까지 했다. 1호점의 이름은 '윈드커피'였는데 2호점의 이름은 '스톤커피'다. 사장님이 〈캡틴 플래닛〉을 좋아하시나?

소원을
빌어요

어릴 적부터

지금까지

시도 때도 없이
소원 비는 걸 좋아하는

나의 소망은 한결같다.

지혜로운 사람이 되고 싶어요

옳고 그른 것을 구분할 줄 아는 지혜를 주세요

오늘도 매트 위에서 소원을 빌었다.

소원이 이루어질지 어떨지는
나하기에 달렸다는 사실이 제일 좋아.

맨 얼굴

컨실러로 수시로
가리느라 바빴지

몇 년 전까지만 해도
잡티 하나 없는 도자기 피부가 예쁘다고 생각했다.

그땐 그저 예뻐지고 싶은 마음뿐이라
생각했는데

지금보다 더
예뻐지면
좋은 거 아닌가?

아름다움의 기준이
밖에 있으니

현재에 만족이 안 돼

가린다는 건 뒤집어 생각해보면
지금 상태가 불완전하다고 느낀다는 것

마스크 덕분인지 선크림 외에
다른 건 안바르고 다니게 되면서부터
나는 내 잡티와 익숙해졌다.

정들었나

내 시선이 달라지고 나니
주근깨 가득인 친구의 맨얼굴이 다시 보였다.

자연스럽다는 게

아름다움
그 자체였네

서울 올라오자마자
성인 여드름이 생겼지

지금 나는 내 잡티가
예전보다 좋다.

망할

잇

볼에 난 여드름 흉터를 보며
그때의 나를 추억하고

걘 언제 만나도
웃겨

ㅋㅋㅋ

많이 웃은 날 진하게 남은 팔자 주름에
낮 시간 동안의 박장대소가 생각나 또 웃는다.

거울을 보다가 만난 눈가 주름에는
여전히 놀라지만.. 진정하고
많이 웃었던 지난 날을 생각해본다.

이런 생각하다가도
가끔 찍는 셀카는 어플을 켤까 고민하지만

그래도 이제 좀 덜 가리고 살아야지.

손톱은
밤에만

또각또각

손톱은 밤에만 깎는다

어릴때는
낮에만 깎았는데

지금 깎고 자면
쥐가 버들이 손톱 먹고
버들이로 변신해서
유치원도 가고 놀이터도 갈 텐데
괜찮아?

싫어욥!!

똑각똑각

같은 이유로 밤에만 깎는 어른이 되었다

쥐야
부탁한다

맛있게
먹어줘

작은 마음들

작은 마음 #1

작은 마음#2

작은 마음 #3

우리 집 가습기는
일찍 자는 사람이 물 넣어 켜고,

늦게 일어나는 사람이 끄고
청소하는 것이 암묵적 룰

작은 마음#4

글쓰기 모임에 나갔다. 가보고 싶었던 서점에서 뵙고 싶었던 작가님과 함께하는 시간도 좋았고, 글을 쓰며 한 겹씩 녹아 드러나는 말간 마음을 마주하는 것도 좋았다. 끝나도 한 시밖에 안 돼서 남은 주말이 길다는 것도 좋았고, 근처 손두부 식당에서 먹은 비지찌개는 어쩜 왜 그리 맛있는지. 근처에 산책할 수 있는 근사한 공원이 있어 좋았고, 서점 바로 옆 맛있는 커피바가 있는 것도 좋았다. 더할 나위 없이 좋은 일요일이었다.

세상은 좋은 것 투성이다.
내 마음이 열린 만큼
내가 그렇게 보기로 결심한 만큼.

미루고 싶은 마음

미루는 마음은

실은 잘 해내고 싶은 마음의
동생뻘이라서

미루는 것 같아 보여도

머릿속은 온통 그 생각으로
그득하다.

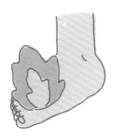

발등에 불이 떨어져서
억지로 하는 것 같아보여도

천만에 말씀
만만에 콩떡

예열 중이었다.

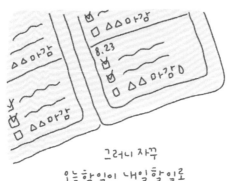

그러니 자꾸
오늘 할 일이 내일 할 일로
넘어가는 것처럼 보여도

청산리~
벽계수야~

스스로를 믿고
기다려 주자.

자꾸만 미루고 싶은 마음을
가만히 들여다보다
만난 진심.

여름의 기척

아카시아냄새가
솔솔 나면

아—
이제 여름인가

마트에서
참외 가격이 내려간 걸 보면

에일보다 라거를
벌컥벌컥 들이켜고 싶어지면

목 뒷덜미에 내리쬐는
태양의 기운이 예사롭지 않다.

올해는
목 뒤에도
꼭 썬크림을
발라야지

슬그머니 고개 내미는
청량한 여름의 기척.

여름이 가져다줄 것들을 향한
기대 앞에서

걸음을 부지런히 옮기겠다는
다짐도 한 스푼 얹기.

가만히 있으면
아무 일도 생기지 않을 테니

올여름도 생경한 듯
분주하게 맞이해야지

자주 감탄하고
매일 박수 치며 춤추며
여름답게 그렇게—

습습한 초록의 걸음으로
산책할 생각을 하니
벌써 설레네.

쓰레기를 씁시다

잘하고 싶은 마음이 클수록
자꾸만 주춤하게 된다.

내 게으름의 속을 들여다 보면
완벽하고 싶은 욕심이 보인다.

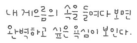

그랬구만

그래서인지
자주 망설이게돼

음…

그럼 진짜
별 볼일 없는 걸
하는 중이라고 마음을 속여보면
어떨까?

응?

이경미 감독님 산문집에
나오는 문장인데
쓰레기를 쓰는 마음으로
시작하는 거지

쓰레기라···

쓰레기를 쓰자.
대신, 매일매일.

르르
둘루

쓰레기를
쓰러 가자

자라고
있어요

이파리의 반은 진작 시들었지만

반은 멀쩡해 보이니
괜시리 미안해서
자르지 못하고 있던 줄기들

잘라주고 나니 기다렸다는 듯
쑥쑥 올라오는 새줄기들

책을 읽으면

재미난 책을 읽으면
콩짝이 맞는 친구와 조곤조곤
대화하는 기분이다.

그러다 보니
낮 시간엔 말할 사람이 없어
집 안의 가구가 되어가던 나도

음,
나는 말이야

내 이야기를 하고 싶어지는 것이다.

책을 읽다 보면

자연스레
핸드폰 메모장에 할말이 생기고

공책과 연필을 꺼내
흐르는 생각을 붙잡아 기록하게 된다.

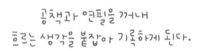

보물처럼 느껴지긴
하는데 열어볼 일이
없네

그것들은 영영
공책에 박제되거나

때때로 숨을 불어넣어

글과 그림으로 나오곤 한다.

급류에 떠내려가지 않기 위해

손을 잡고 자는 해달처럼

서로가 서로의 삶에

따뜻한 목격자가 되어주길.

일상의 소중함

볼에 한두 개 있는 여드름 흉터를
거울을 볼 때마다 신경 쓰며 살아왔는데

근래에 홍조로 뒤집어졌다가
화장품을 바꾸고
붉은기가 조금 잡힌 두 볼을 보니

여드름 흉터가
사라진 것도 아닌데

헤에에~

그렇게 깨끗해
보일 수가 없다.

과자가 밥이라
치고~

저녁을 굶니, 간식을 먹니 마니
지키지도 못할 약속을 하던 지난날이여

며칠전 날 음식을 잘못 먹는 바람에
44시간을 굶고 마주한 죽앞에서
음식의 위대함을 다시금 느끼며

당기는게 있으면 (익힌 것을)
적당히 (먹을 수 있을 때)
잘 먹어가며 살자고 다짐했다.

조금 지루하거나

평범하게 느껴지는 일상은

그것을 엎어버리는
큰 파도를 만나봐야
비로소 그 진가를 알 수 있다.

약간 못마땅한 순간이
가장 소중한 순간일지도 몰라

나는 어떤 사람인가

★책에서 봤는데,
사람이 외향적인지 내향적인지는

에너지가 어디에서 축적되느냐로
나뉘어진다고 한다.

갈이 비슷한 친구들과의
소규모 만남

해가 좋은 오전,
물이나 숲 근처 산책

사랑하는 사람과
맛있는 식사

그림이 술술 그려질때

나에게 귀 기울인
요가수련시간

그때의 나에게 꼭 맞는 책을
집중해서 읽는 시간

나를 알면 알수록
내가 좀 더 내향적이라는 걸
확인하게 되네.

여러분은 어디에서 에너지를 받으시나요?

요가 한 알

할 일을 조각내어 시간마다 심어둔 요즘,
아침부터 혼돈의 상태로 하루를 시작했다.

대충 수습해두고 요가원을 가면서도
당장 요가를 하고 싶은 마음이 간절하게 올라왔다.

아등 바둥한다고 달라질 것 없는
상황일랑 그대로 두고

나와 진득하게 함께 있어주고 싶은 것이다.

몸과 마음에 양분이
차곡차곡 쌓이는 중이지

요즘의 내게 요가는
원하는 방향으로 나아가기 위해
챙겨 먹는 영양제와 같다.

요가가 간절했던 오늘의 모습은
처음 요가원을 찾았던
내 모습을 상기시켜 주었다.

이렇게 살다간 앞으로 고꾸라질 것처럼
삶의 균형이 깨진 상태에서
살기 위해 문을 두드린 곳.

삶을 돌보려면
건강한 습관을
만들어야해

나약해지는 순간의 진통제로
요가를 선택한 후로

신기하게도
후굴을 하면

삶이 더
아름답게
느껴져

인생이 참 많이 변했다.

PART 2

오늘도
잘 살고 싶어서

동사로
살아가기

나는 나를 진득하지 못한 성격이라며
자주 나무라곤 했다.

최진석 교수님의 〈인간이 그리는 무늬〉를 읽다가
'삶은 동사'라는 말을 보고 마음이 움직였다.

맞다.
삶은 동사인데 왜 그렇게 움직이고 있는 삶을
명사로 묶어두려고 애썼을까.

자연스럽게 변해가는
생각의 방향과 삶의 모습을
지지하고 따라가기로 했다.

요즘은 누군가 단정 짓는 말을 하면

난 이제 절대
OO 하지 않을 거야

변하지 않을 각오라기보단
흘러가는 생각의 일부로 인식하려고 노력하고

이 친구 요즘
생각은 이렇구나

내 안에서 어떤 다짐이 올라와도

요즘 내가
뭔가 확실시하고 싶은
시기인가 보다

조금은 유연하게 생각해주기로 했다.

우리의 삶은 동사,
움직임 그 자체다.

만나는 사람, 읽는 책, 산책길에 만난 풍경,
어제 먹은 음식 등 경험하는 모든 것에
영향을 받으며 흘러가고 있으니

내 생각이 변화하고 움직이는 것을
더 적극적으로 받아들여야겠다.

나이
든다는 건

새해가 되어 덕담으로 들었던 말

그 말을 들어서인지
카페에 앉아 있다가 문득 그런 생각이 들었다.

그 자체로 아름다운 청춘도 좋았지만
이제부터 나의 정원을 어떻게 가꾸는지가
얼굴에 여실히 드러나겠지.

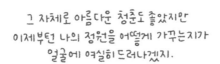

그러고 보면 난 20대 때부터
30~40대의 아름다움을 동경해왔다.

30대 초반까지도 참 많이 방황했었는데

인생의 기본값은 '행복'이 아니라는 걸
받아들이고 나니

삶의 파도도 제법 탈출 알게 됐다.

나이 먹을수록 엉그는 기분이 제법 좋다.

싱싱한 마음
유지하는 법

요즘 자주 보는 일본 드라마에
이런 대사가 나온다.

멋진 광경을 봤을 때나
맛있는 음식을 먹었을 때

다른 사람에게 공유하고 싶어지잖아요?

뭔가를 공유하고 싶은 그 감정을
말로써 전달하지 않으면

왜 이러지

마음이 무너져 버린대요.

한마디로 좋아하는 것에 대해 입밖에 오랫동안 꺼내지 않으면

감동할 필요가 없다고 느낀 마음이

뭔가가 좋다고 느끼는 감정조차 없애버린다는 거죠.

파사삭~

이런말하면 조금 무섭겠지만 '좋아하는 마음이' 죽어버린답니다.

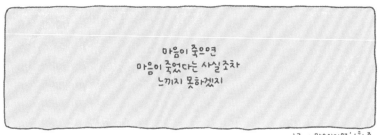

MBTI 테스트

MBTI를 그리 믿지 않는다.
그냥 재미로 하는 정도.

자신을 객관적으로 평가하는 것이
가능한가에 대해 회의적이기 때문.

그런데 얼마 전 김영하 작가님이
방송에 나와 비슷한 말을 해서 반가웠다.

친구들끼리
서로의 검사를 한 뒤
대조해 보세요

호오

작가님이 제안한 방법이 흥미로워서
마칭 테스트 질문지도 달라졌다길래
아빠씨와 바꿔서 해봤는데…

흥미로운 결과가 나왔다.

내가 바라본 나	INTJ-A	INFJ-T
상대에게 보여지는 나	INTJ	ENTP-T

푸하

웃긴 건,
설명을 읽으면
이것도 나같고
저것도 나같애

내 결과가 정확히 정반대로 나온 것.

반면 아보 씨는 동일하게 나왔다.

민지라는 이름은 부모님이 내게 주신 이름이고, 내가 정한 나의 이름은 '버들'이다. 이 이름이 좋아 버들 선생님이 되어 요가를 나누고, 그림 그릴 때 사용하던 필명도 오래 썼던 AM327에서 버들로 바꿨다. 버들이라 이름을 붙인 이유는 뿌리를 내리고 부드럽게 흔들리는 버드나무를 닮고 싶어서이다.

나는 대쪽 같은 성격이라 대나무처럼 꼿꼿하게만 살다가 부러질까 걱정이라는 엄마의 걱정을 먹고 자랐다. 네게 옳은 것이 모두에게도 옳은 것은 아니라고, 늘 사람들과 보드랍게 부대끼며 살라던 엄마 말을 가슴 한편에 새기며 살았다.

어릴 때는 나도 내가 대쪽 같은 줄 알고 살았다. 단단해 보이려고 날을 세우고 살았던 이유가 내 안에서 치는 수많은 물결을 잠재우기 위해서였다는 걸 나와 친하게 지낸 후 비로소 알아차렸다. 그제야 이리저리 자주 휘청이는 내 모습도 정면으로 마주할 수 있었다.

겉보기에는 하늘하늘 바람이 부는 대로 몸을 움직이는 것처럼 보여도 내 안의 중심이 단단한 버드나무처럼 살고 싶어서 지은 이름인데, 나이를 먹어서인지 이름을 그리 지어서인지 내 안 깊숙한 곳에 단단함이 차곡차곡 쌓여가고 있음을 느낀다. 아마도 방황하며 휘청였던 시간만큼이지 않을까.

오늘의 의도

같은 아사나를 해도
(동작)

오늘 정한 의도에 따라

더욱 집중해야 할 몸의 부위가 정해진다.

그 모든 과정이
바닷물에 물방울 하나
톡-떨어지듯
내 안에서 일어나죠

수련을 마치고 수면 위로 떠오른 감정과

몸 안에서 움직이는
그 미세한 흐름을

기민하게
살피는 거예요.

선생님이 해주신 이야기가 생각나서

오늘도
좋았어..!

집에 가는 길 내내 마음이 말랑거렸다.

오늘의 의도를 세우는 것으로
하루를 시작하는 삶.

겉보기엔 바닷물에 물방울 하나 떨어진 것 마냥
티가 안 날지언정

그날은 분명 내가 주인이 되는 하루겠지.

정신건강의 날

10월 10일은
세계 정신건강의 날.

나는 어떤 방법으로
정신 건강을 챙기는지 생각해 보았다.

☑ 풀 냄새 맡으며 걷기

침묵이 익숙한 사이와 멍때리기

강아지 끌어안고 반나절 뒹굴거리기

내리면 타시라고요!!

화가 나는 순간에 화내기

믿을 만한 친구에게 속마음 털어놓기
(aka.뒷담화)

샤워하고 나와서 맥주 반잔
한번에 마시기

한 걸음 두 걸음

산책길에 만난 닭강정가게.
'아 맞다, 채식 중이지.'

우리 가족은 요즘 채식을 지향하며 살아가고 있다.

그래도 엄청 철저하게 하는 건 아니라서
채식 메뉴를 고집하기 애매한 자리라면 맛있게 먹고
빵집에 가서 샌드위치가 햄치즈뿐이라면 그냥 먹는다.

다만 고기를 일부러 찾아가서 먹지는 않으려고
노력하며 살고 있다.

계란과 유제품은 챙겨 먹는데
우리 같은 타입을 플렉시테리언이라 부른다고 한다.

베지테리언

비건 (vegan)

오보 (Ovo)

락토 (Lacto)

락토오보 (Lacto Ovo)

세미 베지테리언

페스코 (Pesco)

폴로 (Pollo)

플렉시테리언   필요에 따라 육식을 하기도 한다.
(Flexitarian)

환경이 위험에 처한 게
너무나도 느껴지는 요즘.

◎ 연합뉴스 | 3일전 | 네이버뉴스
산불·가뭄·폭염·홍수 …
올해 '잔인한 여름' 끝날 줄 모른다.

완벽하지 않아도
지구를 위해, 우리를 위해
당장 실천할수 있는 일을 하고 있다.

느긋한
나의 꿈

제 그림을 누군가가
매일 사용하는 소지품에서
볼수 있다면 더할나위없이
기쁘겠습니다.

자기 소개

내 꿈은 문구 디자이너였다.

4시간동안
〈시애틀의 잠못이루는 밤〉
을 주제로 펀지지 세트를
만들어 주세요.

실기면접

몇 군데에서 면접도 봤으나

다 떨어지고 신문사에 갔다.

여기선
완성보다 마감이
더 중요해

그래, 그림으로
돈을 벌 수만 있다면..!

끄덕

끄덕

선배

한동안은
포폴이 쌓이면
꼭 이직하겠다고 다짐했으나

헤헤
안늘이 오있다

portfolio

주간지 파트라
스크랩을 해뒀었다.

이 포폴로 받아주는 문구회사가 있을까.. 과연.

사실 이쪽 일도 재밌어서
이직 준비를 실행에
옮긴 적은 없어요.

SEX 칼럼
투자가치
그들의 사정
CEO
주식그래프

〈 경제지에서 매주 쌓은 포풀들 〉

늘 동경하던 문구회사의 제품들을
지금도 잘 쓰며 살아가고 있지만

인쇄잘나왔네!

가끔 엽서나
포스터 같은 걸
만들고 있지요..!

내 꿈은 여전히 문구 디자이너다.

문제는 다른 사람들이 만드는 제품에
자주 만족해버린다는 것.

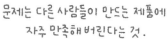

이미 세상엔
멋진 것들투성이야

센스킹   예쁘다

취준생 시절만큼
뜨겁지 않아도

식진 않게
품어야지

샘플은 이것저것
많이도 만들었음

그럼에도 꿈에 대한 로망을 잔잔히 이어가고 있다.

우선 루미큐브
한판하궁

조금은 헐렁한 내꿈,
느긋하게 응원하겠어..!

분노와 차 한 잔

아니, 어떻게 이걸
저렇게 받아들일 수가 있지?

내 기준에서 봤을 때
말이 안 되는 상대방의 태도에
오랜만에 분노가 머리 끝까지 차올랐다.

혈압이 빠르게 상승하는 게 느껴져서
사그라들지 않는 분노를 안고 명상을 했다.

언젠가
명상에 관한 책에서 본 내용이 생각났다.

보리수 나무 아래에 앉아 깨달음의 시간을 보내는 부처님을
여러 형태로 찾아와 방해하던 마왕 마라는

부처님이 깨달음을 얻은 이후에도 종종 모습을 드러냈다고 한다.

자신을 찾아와 부지런히도 괴롭히는 마라가
짜증이 날 법도 한데
그럴 때마다 부처님은 쫓아내는 대신

마라여,
나는 너를 본다

마왕

마라의 존재를 인정하며 차 한 잔을 대접했고
그러면 잠시 앉아 있다가 떠나곤 했다고.

여기 나오는 이 마왕 마라는
신으로 대변되는 인간 본성의 어두운 측면을 의미하고

산스크리트어로 'mara'는 '앙상'을 뜻한다.

명상을 하며 뒤통수가 뻐근해지고
가슴이 빠르게 뛰는 몸을 지켜봤다.

그리고 좀 더 길게 호흡하여
내게 찾아온 분노라는 감정에게
부처님처럼 차 한 잔 대접하는 상상을 했다.

그 사람은
나랑 생각회로가
많이 다를 뿐이야

상처 주고
싶어 하는 거 같던데
그러라고 해

나는
안 받을래

명상을 마치고 나니 한결 차분해진 마음.

명상 중에 와 있던 메시지를 확인하고
다시금 분노가 솟구쳐 오르긴 했지만.

아무래도 오늘 분노가
차를 많이 마셔야겠구나

히히
물을 끓이자

콸콸

○○○○년 ○월 ○일 ○요일   날씨 ☼ ☁ ☂ ❋

나의 정원

우리 마음 속에는
다양한 색의 꽃이 있다.

밝은 색의 꽃에 물을 더 주는 날도 있고
때론 어두운 꽃에 물을 더 주기도 했었다.

알록달록한 나날의 이름표는
나쁜 날, 좋은 날이 아닌

삶이었다.
살아있음이었다.

살아 있기에
오색빛깔로 물결치는 나의 정원.

지난해 나의 정원에는
어떤 색의 꽃이 더 잘 자랐을까?

새로운 해에는
어떤 색의 꽃이 잘 자랄까?

그저 모두 나의 삶.
나의 정원.

정원이 어두운 날
나를 좀더 끌어안을 수 있는
한 해가 되길 바란다.

나도, 당신도.

내가 겪는 실패를 사랑한다.

그 수많은 실패 속에

살아 나갈 힘의 열쇠가 있다.

공존할 수 없는
두 가지

다양한 생각들이 늘
구름처럼 머릿속을
떠다니는데

마음은 괜찮은 상태를 못 참고
늘 생각들을 끌어당기려 한다.

대개
어두운 생각들

습관이 된 연결고리들

다행인 건
그 상태를 알아차리고 나면

엥? 어디 갔지?

붙잡아 두었던 생각은
순식간에 사라진다.

생각에 끌려다니는 것과
알아차리는 행동은 공존이 어렵구나?

지금부터 딸기를
생각하지 마시오.

으악, 왜 딸기 생각만
나는 거죠

특정 생각을 하지 말자고 다짐하면
자꾸만 더 떠오르기가 쉽지만

원하는 다른 생각이나
행동을 하는 건 내 맘이지롱.

알아차렸으니
나를 기분 좋게
하는 것들로
덮어버리자

편백나무
전기 장판
탕후루
바다
기키곡물

사실 가장 좋은 건
지금 하는 행동에 집중하는 것.

오른발 뒤꿈치에
힘을 줬다가
이번엔 왼발,

숨이 들어갔다가
나가는 내 콧구멍을
관찰해도 좋고.

칭찬을 대하는 태도

손사래 치는 것이 미덕인 줄 알았다.

아휴, 아닙니다.
부정적일 때도
얼마나 많다구요.

가만히 생각해보면

우린 모두 입체적이라
다양한 면을 가지고 살고 있는데

부지런
이기적
단순하다
다혈질
소심함
섬세함
정없다
이성적
활동적
진지함

그중 나의 좋은 면을 봐준 사람에게

이럴 필요는 없지 않은가.

나부터 나를 납작하게 판단하고
대했던 건 아닐까.

요즘은
간혹 칭찬을 들으면

참 실행력이
뛰어나신 것
같아요.

하고 많은
나의 면모 중에
그런 면을
발견해
주셔서

감사합니다.

하고 만다. 기분 좋지 뭐

험담

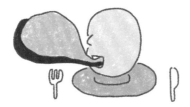

누군가의 단점을 입밖에 내는 일을
두려워하기로 했다.

안 하면 그만이지
마음까지 먹을 일이냐고
누군가 물으면

누군가의 험담을 하는 것은
너무나도 달콤하고 쉬운 일이기 때문이라고 말하겠다.

오두가 다양한 면을 안고 살아가고 있는데

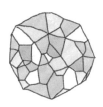

말의 힘이 너무 커서
단점을 입 밖에 내버리면
내 머릿속 상대방의 이미지를
한 가지 모습으로만 덮어 씌우게 되기 마련이다.

사람을 납작하게
판단해버리는 것은
얼마나 쉬운지

더 이상 입체적으로 바라볼 노력을 하지 않는 것.

내가 경계하고 싶은 부분이다.

내 앞에 앉아 있는 사람을
다 안다고 생각해버리는 게

나는 무섭다.

우리는 우리를 좀 더 귀여워해줄 필요가 있다.

아아 —

그러려면 주머니에
여유 한 줌씩은 넣고 다녀야 할듯.

잘 살고 싶은
마음

나의 좁음과 넓음

어둠과 밝음

단단함과 유연함

모든 모습을 받아들이고 바라봐주기

일단 지금 마음은
바늘 구멍보다
좁게 느껴지네

이것도 풍자

고요한 연말

올해도 이제 열흘 남았다.

연말이 오면 후회되는 일이  하나둘 떠오른다.

아마 잔잔한 시간이라 더 그런지도 모른다.

평소의 나라면 후회의 몸부림을 거쳐

이렇게 마침표를 찍겠지만

연말의 후회는 지긋이 바라보고 싶다.

평소의 후회는 고개가 뒤를 향해 있지만

연말의 후회는 앞을 향해 있다.

아마 계속 반복될 것 같지만.

○○○○년 ○월 ○일 ○요일   날씨 ☼ ☁ ☂ ☀

나는 나

어떤 날은

귀엽지

어떤 날은

욱쟁이

어떤 날은

상냥해

5% 🔋

하루 종일 게으른 날도 있고

실수하는 날도 많아

아주 예약을
잊었네

밝아 보이지만

어두운 면도 내 모습이지

닮고 싶은 사람이 많지만

멋지다

나는 결국 나

미우나 고우나

한 주도
수고했다

나는 나

PART 3

우리가 나에게
가르쳐준 것들

설레발

나는 설레발을 좋아한다.

설레발의 사전적 의미는
'몹시 서두르며 부산하게 구는 행동'
예) 로또를 사면서 1등 되면 뭘 살지 계획한다.

냐하하

왠지 설레발은 옆사람보다
빨리 걷는 느낌이고

호들갑의 사전적 의미는
'경망스럽고 야단스러운 말이나 행동'
예) 순풍 산부인과의 선우용녀 선생님이 떠오르네..?

그래서
말이야

내가
어떻게
했냐면은

호들갑은 뭔가 시끄러운 소리가 나는 것 같다.

호오...
설레발은 칠지언정
호들갑은 조심해야겠다.

근래 한 미팅에서
나만큼 설레발을 잘 치는 담당자님을 만났다.

타인의 설레발을 보며

설레발을 눈으로 볼 수 있다면,
거기엔 희망이 담겨 있어서
경쾌한 색과 귀여운 모양을 하고 있을 거라고
생각했다.

기쁜 날

생일이었다.

생일을 마구마구
축하받고 싶어진 이유는

순전히
엄마 때문.

달력

몇 해전 본가에 갔다가

안방 달력에 기쁜 날이라고
엄마 글씨로 표시된 걸 발견했는데

그날이 다름 아닌
엄마의 생일이었다.

오예
내생일

나는 그날 이후로

어쩐지 내 생일이
더 좋아져버린 것이다.

우왕

고모!
선물!

게다가 올해는
한글을 쓰기 시작한 조카들의 생일카드에

따봉따봉

엄마표 미역국을 먹을 수 있어서
더더더.

맞어,
생일은 정말
기쁜 날 맞는데

이제 쑥스럽다고
슥 - 지나가려 하지 말고

엄마처럼 열심히
기뻐해야겠다.

그나저나 언제 이렇게
나이 먹은 거니.

무례함에
대처하는 법

도토리 마켓 친구들과 담소 중

공감은 맛있다

아부씨와 대화를 나눌때

내 말에 맞장구 치는
특유의 추임새가 있는데,
그게 그렇게 좋다.

그 경쾌한 억양을 들으면

마음이 즐거워져서
더 조잘조잘 이야기를 이어나가게 된다.

가끔은 설렁설렁일지언정

공감은 참 달고 맛있다.

내 의견보다 앞서 충분히
고개를 끄덕일 줄 아는 사람이 되어야지.

나에게도.

개를
키운다는 건

개를 키운다는 건

2013.5 ~ 현재
2013.3
2013.1
2012.11
2012.8

더 이상 자라지 않는
아이를 키우는 것 같다.

으이구 내새끼
나 없이 어떻게 살아

내가 너 없이
어떻게 살겠어

카페에 가면 늘 나의 바로 아래에 앉는 민구.

이따금 내려다보면 시야에 가장 먼저 보이는 것은

나를 지키는 개의 꼬리이다.

늘 내가 이 개를 지킨다고 생각하고는

무거운 어깨로 살아왔는데,

문득 돌아볼 때마다

이 작은 개는 늘 주변을 살피며

우리의 안온한 일상을 지키고 있었다.

우리에게 허락된 여름은 몇 해가 남았을까.

그런 생각을 하다 보면 그만 울컥해서

내가 민구에게 해줄 수 있는

가장 좋은 것을 주자고 마음먹고 보니

민구는 고작 산책이 최고라며 나가자고 꼬리를 흔든다.

민구의 밥을 사러 상점에 갔다가

열여덟 살 강아지의 근황을 듣고는 반갑게 안도했다.

엄마와
골드키위

언젠가 집에 내려갔다가
엄마랑 마트에 갔던 날

골드 키위를 발견하고

그린 키위 가격만 알던 엄마가 한마디 했다.

나는 서른 넘어 사춘기가 돌아온 것처럼 비꼬았고

결국 각자의 이유로 감정이 상해버렸다.
시간이 지나 그때를 곱씹어보면,

화가 당긴 바구니를 안고
본가에 내려간 내가

익숙한 듯 엄마에게
바구니를 털어냈던 것 같다.

그 후로 시간이 많이 흘렀는데

집에 가면 늘 골드 키위가 있다.

비축해두는
친절

컨디션이 좋지 않은 날에는
종일 말을 아낀다.

마음에 가시가 돋은 날에는
내 예민함이 칼날이 되어
상대방에게 날아갈까 봐 말을 아낀다.

책에서 본 것도 있고 경험도 해봤으니
'이것 또한 지나가리라'며
머리로 생각하고 또 한다.
물론 쉽지 않지만

좀 지나면
정말 언제 그랬냐는 듯
괜찮아지니깐.

여유가 좀 생기고 나면
내 침묵에 괜히 머쓱해져서
뻘쭘했을 상대에게
따뜻한 한마디 건네고 싶은 마음이
스멀스멀 올라오지만

그런 나에게 질려
한 번 더 말을 아끼게 된다.

지금 아낀 말을
컨디션이 좋지 않은 어떤 날,
상대방에게 한 뼘 친절할 수 있도록
비축해 두겠노라고
기어코 다문 입에 핑계를 만들어 본다.

그때 되면 또 까먹고
입을 꾹 다물겠지만.

최고의
콜라보레이션

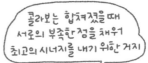

콜라보는 합쳐졌을 때
서로의 부족한 점을 채워
최고의 시너지를 내기 위한 거지

마케터 숭님의 〈영감노트〉유튜브에서
콜라보레이션에 대한 이야기가 나왔다.

영상을 보며 가장 먼저 떠오른 것은
남편 아보씨였다.

우리는

둘이 함께 행복하기 위해
결혼을 했다.

아보씨는 감정기복이 심한 나를
안정되게 잡아주고

다녀오셨나요

ㅋㅋ

나는 아보씨의 잔잔한 일상에
늘 재미를 던진다.

이 부분 이해가
어렵지 않을까?

조금더
설명해도
좋을것
같아

오오
고마워

뒷심이 부족한 나는 작업을 마치고 나면
SNS에 업로드를 하기 전에
꼼꼼하고 이성적인 아보씨에게
늘 최종확인을 부탁한다.

이번 전시에서
작가의 초기작품이
많이 공개된대.
보러 갈래?

오 - 좋아

대신 추진력이 좋은 나는 아보씨에게
자주 새로운 시도를 제안한다.

행복이라는 같은 방향을 바라보며
서로 존중하고 각자의 단점을 보완하며
앞으로 나아가는 것.

사랑한다는 것은
인생의 콜라보레이션 파트너를
만나는 일.

명상을 하다가

긴 걸음을 걷다가

겹치는 수많은 우연들

우연으로 만나 인연이 되어
나란히 걷기도 하고

길이 겹쳐 잠시 어울다 가기도 하는
수많은 관계들.

멀어질 인연은 길이 교차해서
각자 가던 길을 가고

같은 시기에
머무를 인연은 더욱 단단해진다.

거리가
필요해

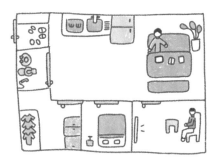

집에 있어도 같이 있는 시간은 그리 많지 않은 우리.

가끔 크게 외치며 생사를 확인하는 걸 즐긴다.

식사를 함께하거나 커피를 마실땐
서로 그간에 보거나 경험한 재미에 대해 이야기를 나눈다.

서로의 본가에 갈 일이 있어도
시간이나 상황이 맞으면 같이 가지만
그걸 당연시하진 않는다.

각자의 시간을 충진하게 보내고 난 뒤
둘이서 보내는 시간은 그래서 더
소중하게 느껴지는 건지도 모른다.

얼마 전에는 다툼이 있었는데
그래서 거리가 더 중요해진 요즘이다.

다퉜던 지난주, 난 일부러 집에 늦게 들어갔는데
아빠씨는 평소보다 일찍 잠자리에 든 것 같았다.

이럴 때일수록 사과는 빠른 것이 좋고
회복하는 시간은
천천히 가지는 게 좋다고 생각한다.

그 와중에 인구는 무슨 불안이 있었는지
견생 처음으로 카페트에 볼일을 봤다.

우리에게도 잠시 거리가 필요해·········

한국 근현대미술전을 보러 소마미술관을 찾았다. 요즘은 어째 마음이 통해서 부쩍 미술관을 자주 간다. 마지막 굿즈샵을 둘러보며 아보 씨에게 어떤 그림이 가장 좋았냐고 물으니, "기억할지 모르겠는데… 〈빛으로 가는 길〉?" 나는 흐뭇해진 얼굴로 찍어둔 한 장의 그림 사진을 내민다. 나도 좋아서 한참 바라봤던 방혜자 화백의 그림.

손을 잡고 그림을 보다가도 으레 손을 놓고 각자 보고 싶었던 그림 앞에서 머문다. 서로를 스쳐 거닐며 자기만의 방식으로 그림을 감상하는 동안 우리는 철저하게 타인이 된다. 그 공간에서 우리 사이를 드나드는 바람으로 인해 환기가 되는 상상을 한다.

나누고 싶은 이야기가 있으면 한참 두리번거리다가 결국 찾아 소곤거리며 공감을 구한다. 각자의 호흡으로 관람을 하지만 전시실을 옮길 때는 꼭 출구에서 기다렸다가 손을 잡고 다음 전시실로 함께 이동하는 것이 우리의 암묵적 룰이다. 미술관에서의 걸음이 우리의 결혼 생활과 닮았다는 생각을 했다.

거울

팟캐스트를 듣는데

3명의 진행자 중
유난히 1명이 불편하다.

싫으면 안 들으면 그만인데,
그러기엔 내용이 무척 좋아서 아깝다.

거슬려도 참고
꾸역꾸역 듣다 보니
왠지 그 불편함 속에서
내가 보이는 것 같다.

타인의 못마땅하거나
거슬리는 부분을 가만가만 보고 있으면

이거랑
닮았네

내가 가진 여러 면 중
내가 좋아하지 않는 부분과
닮았다는 것을 발견할 때가 종종 있다.

요즘은 불편하게 느껴지는 사람을
만나고 나면

마냥 피하기보단
불편하게 느꼈던 부분을
마주 보려고 한다.

그렇게 타인을 거울 삼아
나를 알아간다.

맞아..

열 살 민구

어린 시절을 포함해도
배변 실수가 손에 꼽히는 민구가
요즘 연달아 세 번 실수를 하고

이쯤 되면
실수가 아닌 것
같은데?

깡

여칠째 새벽내내
거실을 배회하며 낑낑대서
잠못드는 밤이 괴로워 엄청 혼냈다.

분리불안인가 싶어
침대에서 같이 자려고도 해봤지만
밤새 뒤척이며 한곳만 주시하는 민구.

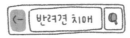

어느 오후 불현듯 떠올라
반려견 치매를 검색해봤는데

한 동물병원 수의사선생님이 블로그에 올려둔
다섯 가지 체크 리스트 중에
민구는 세 개에 해당이 되었다.

생각이 참 많아지는 요즘이다.

빌려 읽기

부지런히 다니는 유치원에는
재미있어 보이는 책이 많다.

지난 번에 빌린 책에도
이 책에도 밑줄이 많이 그어져 있었다.

밑줄로 가득한 페이지를 읽을 때면
그녀와 함께 책을 읽는 기분이다.

그럴 때면
꼭 말과 말이 이어지는 것만이
대화가 아니라는 것을 실감한다.

누군가에게 빌린 책을 읽고 돌려줄 때면
책 주인과 조금 더 가까워진 듯한 느낌이 드는 것도
그런 이유 때문이겠지.

그 사람의 마음도 빌려 읽은 기분.

침묵이 익숙한 사이

말이 잘 통하고 즐거운데

말이 끊기면 급속도로 뻘쭘해지는
사이가 있는가 하면

친구들 중에서도 보면

유독 침묵이 익숙한 사이가 있다.

함께하는 공간의 공기가
자연스럽게 느껴지고

무언가를 함께해도 좋고
하지 않아도 좋은 편안한 사이

지금
떠오르는 사람이 있다면

더 소중히 대해야겠다.
귀한 사이니까.

나에겐 휘뚜루마뚜루 바지가 있다. 요가 바지로 샀으나 너무 편해서 잘 때 입으면 잠옷, 나갈 때 입으면 외출복, 집에서 입으면 실내복, 요가할 때 입으면 요가복인 바지이다.

나의 휘뚜루마뚜루 바지를 보고 있자니 친구에게 모든 것을 기대하던 어린 날이 떠오른다. 그런 친구는 세상에 없다기보다 내가 친구에게 걸었던 기대가 오히려 관계를 해친다는 것을 경험하고 난 후부터 친구라는 관계에 많은 것을 바라지 않게 되었다.

그렇게 지내다가 문득 옆을 보니 내 주위에 자연스레 휘뚜루마뚜루 친구들이 생겨나기 시작했다. 요가할 때 만나면 도반, 술 마실 때 모이면 술친구, 모여서 책 이야기를 하면 순식간에 독서 모임이 되는 친구들.

큰 기대가 없을 때 맺어지는 관계에는 곰팡이가 슬지 않는 걸 보니 그 사이에 바람이 통하는 공간이 존재하나 보다.

산책

제주 여행 중이다.

아침을 먹고 산책로를 따라 걸었다.

하얀 나비들이
이렇게 많은 걸 본 게 처음이었고

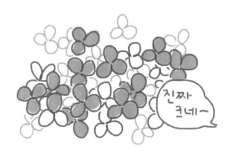

진짜
크네~

이렇게 큰 클로버들도 처음이었다.

최소한의 길만 터놓은 숲을 거닐며
주변을 유심히 살피니

단 하나도
똑같은 생김새를 가진 풀이 없었다.

하나하나
다 달라

같은 종류의 풀조차
설핏 같아 보여도
갈라진 잎사귀마다 개성이 있었다.

한 명 한 명
정말 다른 내 주변 사람들을
떠올리며 산책을 했다.

산책길 풀잎 살피듯

친구들도 한 명 한 명
공들여 바라봐야겠다.

PART 4

흔들려도
나답게

가장
중한 것

내 속에 뭐가 있는지 들여다 보느라

산은
산이오
물은
물이로다

내 안을 날아다니는 그것들에
애써 무심해지느라

그랬었구나

때론 애틋해지느라

그러는 동안
눈이 내리거나 나무에 싹이 돋은 것

그리고 좋아하는 파란 대문을

눈으로 설핏 보고
마음에서 지나쳤다.

내 속에
내가 너무
많네

알 것 같다고 느끼는 그때부터
다시 안개에 갇힐지언정

내 속을 한참 헤매고 나니
무엇이 중한지 조금 알 것도 같다.

하늘, 해, 나무
그리고 지금.

정신위생

책을 일주일에
한 권씩 읽으려고 노력하는데
책 종류에 따라 달라지네

요즘은 하루키의
'달리기를 말할 때 내가 하고 싶은 이야기'
라는 긴 제목의 산문집을 읽고 있다.

그런까닭에
하루에 1시간쯤 달리며
나 자신만의 침묵의 시간을
확보한다는 것은,
나의 정신 위생에
중요한 의미를 지닌 작업
이었다.

하

초반부에 나온
문장 하나가 마음을 간지럽힌다.

진득하게 해나가는
취미활동을

정신위생을 위한
작업이라고
부르다니

역시
작가다

마라톤 풀코스를 넘어서서
100 km 달리기를 하는 하루키에게
달리기는 취미 그 이상이겠지만.

정신위생을 기준으로 하는
취미활동을 떠올려보면
왠지 몸을 움직이는 게 떠오른다.

나에겐 요가가 그런 역할로
자리 잡은 지 꽤 되었지만

같은 시퀀스를 반복하는
아쉬탕가 수련을 꾸준히 하는 요즘은
또 다르게 다가온다.

같은 동작을
매일 하다 보니

어제의 나와
오늘의 내가
다르다는 게
와닿아

예전에는 매일 같은 동작을
반복하는 게 지루해 보였는데,
거듭하다 보니 매번 새롭게 다가오는 것이
신기하기만 하다.

듣고 보니 푹 잘 자는 것도
정신을 챙기는 거에 정말 중요하겠다.

결은 조금 달라도
조잘조잘 뭐든 이야기 나눌 수 있는 사람이
곁에 있는 것도
정신위생에 큰 역할일 듯.

내가 원하는 건 뭘까

요즘 한동안
방향을 잃은 기분이 들었다.

그러던 어느 날 산책을 하다가
소위 말하는 현타가 왔다.

원하는 것을 아는 것보다 중요한 건
알아가는 과정이라고 생각해왔는데

누군가가 콕 집어 알려준다면
원하는 게 뭔지 알아가는 재미를
놓치게 되는 거잖아?

나에 대한 답을 외부에서 찾으려고 했던
무수히 많은 날들이 떠올라 괜히 쑥스러웠다.

다음 날 점집 예약을 취소하고 환불받은 돈으로
듣고 싶었던 수업을 신청했다.

그곳에 가면 나를 요동치게 만드는
무언가가 있으려나?

없어도 괜찮다. 지금처럼 가만히 앉아
생각만 많은 것보단 나을 테니까.

나에게
너그러운 하루

시원해 〜

어떤 날은 모든 일이 순조롭다.

하루의 흐름이 순풍에 돛을 단 듯 자연스러워서

평균 이상의 에너지가 필요하던 일들도
쉬이 하게 되는 것이다.

어떤 날은 일어나 처음 마시는
물 한 모금에도 체하는 기분이 든다.

그런 날은 아무 이유 없이도
내 몸 하나 건사하기 버겁게 느껴진다.

삶에는 정말 흐름과 리듬이
존재하는 걸까?

뜻대로 풀리지 않는 날엔

몸에 최대한 힘을 빼고
물 위에 떠다니듯 하루를 보내자.

하루가 어려운 날엔
숨을 잘 쉰것 만으로도 나를 대견하게 여겨야 한다.

쉬고 싶은 핑계라 해도 하루정도는
그런 마음에게 너그럽고 싶다.

프리랜서의
고충

운좋게 졸업 후 바로 입사해서
한 직장에서만 근무하다가 퇴사 후 현재까지
5년 차 프리랜스 일러스트레이터로 일하며
느끼는 바가 있다면

'프리랜서가 균형을 잡고 사는 것이
직장인 보다 몇 배는 힘들구나'

프리랜서의 여유는 여유답지 않다.

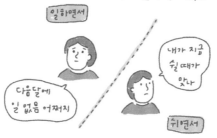

일하면서

다음달에
일 없음 어쩌지

내가 지금
쉴 때가
맞나

쉬면서

계획표에 휴식 시간도 적으면 모를까.

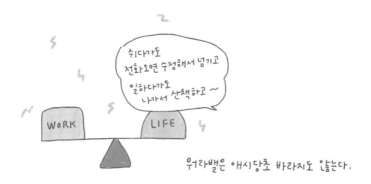

쉬다가도
전화1면 수정해서 넘기고
일하다가도
나가서 산책하고 ~

WORK   LIFE

워라밸은 애시당초 바라지도 않는다.

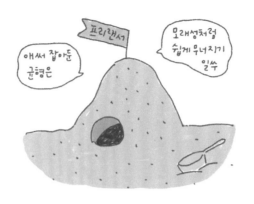

애써 잡아둔
균형은

프리랜서

모래성처럼
쉽게 무너지기
일쑤

그럼에도,
내가 지향하는 삶의 조건에
가장 부합하는 직업이기에
늘 감사하며 살고 있지만,

사랑하는 일을
하며 산다는건

정말 감사한
일이지

늘 자괴감 드는 한 가지가 있는데
그건 바로바로바로

하이 비

아모 –
또 늦잠이네

일찍 일어나야 할 이유가 없다는 점...

워낙 아침시간을 좋아하고 하루가 길어서 좋지만

요즘 나에겐 한번에 일어날 이유가 되지 못해..

일찍 일어나면 좋은 점만 있을 뿐이다.

작업실 앞 요가원에서 주 3회 오전10시 수련을 하겠다 이말이야!

봄 이후로 무척 나태해져서 결국
아침에 일찍 일어나야 하는 장치를 마련했다

나는 과연 다시 아침형 인간이 될 수 있을까..?

마음 곳간
청소

말을 뱉고 나서 평소보다
자주 속이 쓰려지는 시기가 있다.

그런 시기가 오면

내 마음 곳간을 점검할
기간으로 선포하고

곳간 속을 꼼꼼하게 들여다볼
혼자만의 시간을 길게 가지려고 한다.

매트를 펴는 횟수를 늘려
곳간에 쌓인 먼지도 닦아내고

어제 들은 요가철학 특강으로
말도 좀 줄여야겠다고 생각했다.

이거룡 교수님
───────────
요가수뜨라 해설,
아름다운 파괴 저자

묻지 않았는데 대답하면
시끄러운 사람,
하나를 물었는데 둘을 대답하면
잘난 척하는 사람입니다.

4시간 동안 들은
주옥같은 이야기들 중에서
이 말이 가장 기억에 남네

시끄럽고,
잘난 척하는 인간

평안하세요.
허나 가끔은
위험하시기를.
너무 평안에만
안주하지 마시기를.

우리는 위기의 순간에
내가 누구인지
알게 되니깐.

지금 텅 빈 곳간을 채우는 이 시간이
나를 단단히 여물게 해줄 거라 믿는다.

어제 들은 수업도
내 마음 곳간에 심어져 있다가
싹이 트는 계절이 오면
푸르게 자라주길.

문득, 툭

오늘 영상의 주제는
'문득, 툭―'이라는 만트라.

선생님의 말소리를 따라가면서
서서히 달라지는 몸과 마음의 변화

그래에 내려놓는 연습을 해온 터라

내려놓으니
이리 홀가분한 것을
왜 여태껏 짊어지고
있었을까..

무거함이라는 단어가 떠오르는 것과 동시에
경직된 어깨에 긴장이 풀려
바닥까지 이완되는 경험을 했다.

다시 한번 선생님의 안내에 따라
툭- 하고 내려놓으니

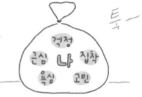

책을 너무 가까이서 보느라 무슨 글자가 적혀 있는지
알기 힘들었던 상태에서 벗어나

뭐라고
적힌 거여

새의 시선으로
너른 숲을 내려다보는 기분이 들었다.

짧은 명상으로
값진 경험을 했네

홀가분

아침 기상시간을 일정하게 하기 위한 명분으로
시작한 온라인 프로그램이다 보니
저녁 명상은 처음이었는데

자려고 누웠을 때
가벼워진 입꼬리가 절로 올라갈 것 같다.

잔잔하게 흘러가던 요가 수련 안에서

두 팔로 몸을 들어 올리는 동작을 하는데

내가 나에게 외치는 목소리가 명확하게 귀에 꽂혔다.

"엉덩이가 무거워서 바로 떨어질 거야. 내려와 그냥."

가뿐히 무시하고 자세에서 머문 후

잠시 아기자세로 엎드려 숨을 고르면서

왠지 모르게 엉엉 울고 싶었다.

나를 작아지게 만드는 가장 결정적인 목소리는

늘 내 안에 있었다.

나적나

아보씨가 독서 모임에 나간 주말.

보송한 빨래
못 참지

빨래를 하고

청소기를 밀고

개운
개운

창틀 청소를 하고

날파리
R.I.P

쓰레기를 버리고 (+ 민구 산책)

저녁에 마주 앉아
이런저런 이야기를 나누는데,

무심코 뱉은 말에 달린

아빠씨의 대답에

정신이 번쩍.

들여다보기

눈엣가시 같은 사람이 있다.

키면 나오냐
어찌된게

SNS에 들어가도 어쩜 그리
제일 먼저 눈에 띄는지 모르겠다.

뭘해도 거슬린다는 생각에
제대로 보려고 하지 않았고

불편한 그 사람도 불편해진 내 마음도
계속 피하기만 하다가

계속 그러기도 찜찜해서

피하고 싶은 마음을
가만히 들여다보았더니

사실은 부러운 마음이었다.

이런 태도 부럽다

실은 샘과 질투였고
닮고 싶기도 했던 귀여운 마음.

태도를 닮아가자 그러면 되지

일부러 찾진 않아도
눈에 띄면 열심히 그 사람의
좋은 점부터 찾아보기 시작했다.

허허엇

내 안에 있는 그 감정에
이름을 붙이고 나니
뾰족했던 마음이 둥그래졌다.

그게 왜 내 마음 안에서
부러움을 사게 되었는지도.

피하지 않았던
경험 수집 완료

뿌듯   뿌듯

감정과 마주 앉아 나눈 대화를 통해
발견할 수 있었던 진심.

등아
거기 있니

머리서기 10분 할게요

올 것이 왔구나 ᴼᴼ

머리서기를 할 때도 기운이 빠지면
늘 목 뒤부터 짧아지는 느낌이었는데

오늘 핀차마유라아사나를 연습하면서

정수리를 누르면서
잘란다라 반다를 잡으면
고개를 들 힘이 생겼다는 걸
스스로 알아차릴 거예요

선생님의 목소리를 따라가다 보니
처음으로 고개를 들 힘이 느껴졌다.

정말..!

요가는 정말
겉보기엔
잔잔해 보여도

매 순간이
극적이야

등아
거기있니

요즘 수련을 하면서
등을 잊고 살았다는 걸 자주 실감한다.

느껴진다

그저
경각을 조이는 거랑은
달라

노력하다 보면 만들어지는
다른 근육들과 다르게 등의 힘은
늘 그 자리에 있었던 것만 같다.

조금이나마 알아차릴
시기가 되었는지도..

펼쳐 내느라 정신이 없어서
뒤에 남은 것들은 그저
내 손을 떠난 일이라고만 생각했다.

등을 쓰라는 것은 뒷모습도 챙기라는 것.

나아가는 만큼
지나간 일을 돌아볼 줄도 알라는 말로 다가온다.

그러고 보니 요즘은
그렇게 싫어하던 후회라는 감정이 올라와도

더 잘
걸어나가기 위해
필요해

예전보다 느긋하게 바라보며
되새김질하는 여유도 생겼다.

몸과 마음은 참
야무지게
연결되어있어

늘 느끼지만
늘 새로와-

의사가 도대체 등을 어떻게 쓴 거냐고 물었다. 후굴을 하며 가슴을 열기 위해 두 날개뼈만을 너무 조여 쓴 것이 문제인 줄 알았다. 하지만 원초적인 원인은 고개 숙여 그림 그리며 살아온 세월에 있었다. 두 손으로 몸의 무게를 지탱하는 핸드스탠드를 연습하며 날개뼈 안쪽 통증을 느끼기 시작했는데, 결국 직업병으로 얻은 일자목이 후굴까지 깊게 하려다가 생긴 방사통이었던 것이다. 내 몸에 나의 세월이 고스란히 묻어 있다고 생각하면 가끔 마음 안쪽이 간지러워진다.

요즘 나는 어떻게 하면 이런 내 몸을 데리고 안전하게 후굴을 할 수 있을지에 대해 연구 중이다. 무조건 날개뼈 안쪽을 조여 쓰는 것은 적어도 지금 내 몸에는 맞지 않는다. 경추부터 꼬리뼈까지 척추의 마디마디를 꼼꼼히 읽기 위해 매일 매트 위에 앉는다. 매트 위는 몸을 가장 깊게 쓰는 장소이다 보니 자주 다치기도 하는데, 마음은 가장 안온함을 느낀다. 그러니 마음을 가장 많이 쓰는 매트 밖 삶에서 마음을 자주 다치는 것도 당연한 일이다.

매트 위에서의 연습을 가지고 걸어 나와 삶으로 연결해 내는 것까지가 진짜 요가라는 것을 다시 한 번 마음에 새긴다.

이해보다는
존중

우리는 같은 것을 보거나 듣거나 경험해도

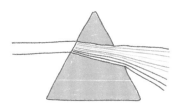

프리즘을 통과해서 무지개가 되는 빛처럼

사람의 수만큼 다양하게 흡수한다.

에..?
상냥하진 않아도
그 정도는 아니었는데०

카페 알바
불친절하지 않았어?

좋은 하루
되세요

CAFE

같은 경험을 해도
각자의 소감은 다를 수 있는 것이다.

이해가 안 된다는 말로 상처를 주고 받는다.

타인을 있는 그대로 바라보기란
쉬운 일이 아니다.

의미 있는 일일수록 더 그렇지.

불안한 보통날

시간을 허비하고 있다는 불안감이 엄습할 때면

당장 누릴 수 있는 소박한 사치를 찾기 위해

주변을 두리번거린다.

불안한 보통날,

오픈 샌드위치 위에 블랙올리브를 소복이 올렸다.

건강한 한 끼로 작아진 마음을 달래고 나면

산책 갈까

오늘을 유하게 흘려보낼 힘이 생긴다.

아아- 마음은 때론 참 하찮고 사소하다.

그래서 얼마나 다행인지.

취미와 직업

정확히는

좋아하는 일을 원망하고 있는 내 모습이
낯설고 싫어서

요가선생님
하실 생각
없어요?

취미로
남겨두려고요.

다시는 좋아하는 것만큼은
업으로 삼지 않겠다고 다짐해놓고

정신 차리고 보니 요가를 나누고 있다.

오호—
이번 주는
수업이 9개

이정도가
딱좋아

그래서 후회를 하느냐면..

지난 일을 돌아보는 것이 체질상
맞지 않는 것 같다. 앞을 보는게 편하다.

제주에 계신
아난드 선생님의 말씀처럼

물 흐르듯 자연스럽게

가둬두지 말고

나를 열어두고 사는 거다.

좋아하는 일을 하며 생활을 꾸린다는 거, 정말 행운이야

이러나 저러나

바람이 잘 통하게 -
습해지지 않게 -

사실은

> 두 발은 매트 너비~
> 두 손등은 엉덩이옆~
> 두 눈을 살며시 감고~
> 미간과 혀끝에도
> 힘을 툭~

> 완전히
> 온몸을 이완
> 합니다

나의 또다른 직업 : 요가선생님

요가 수업의 마지막
꿀 같은 마무리 사바아사나

수업마다 다르지만 보통
사바아사나를 5~10분가량하는 동안

잠시 눈을 감고 호흡을 바라보다가
떠오르는 말들이 있으면

손가락발가락
꼼지락꼼지락
몸을 깨우고~

기지개도
시원하게~
편한 쪽으로
돌아누웠다가
급함없이 일어나
앉을게요

하암~

으으치~

나에게 해주고 싶었던 말

나에게도 타인에게도
나쁜 점만큼,
아니 더 많이
좋은 점도 많다는 거
잊지 않기

내가 독서모임을
하는 이유

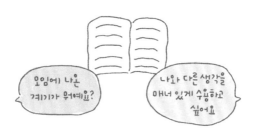

내가 독서모임을 하는 이유는

커다래지는 나를
경계하기 위해서다.

경험이 쌓일수록
자꾸만 커지기
쉬워지지...

이번 모임의 첫 책은
정치적 이념이 달라 부딪히는
가족에 관한 이야기였다.

모임 전에 올린 독후감을 읽어보는데

눈살을 찌푸리게 만드는
글을 하나 발견했다.

아참, 그러고 보니
나는 이런 상황을 마주하려고
모임에 나온 것이었지.

예전에도 이런 경험이 있었다.
열 명이 조금 넘는 멤버들이 모여서
매달 한 번씩 총 네 번을 모이는 모임이었는데

유난히 투덜거리듯 의견을 말하는
사람이 한 명 있었다.

저런 사람이랑
4번이나
어떻게 만나지

만남의 횟수가 늘수록 그 사람의 언어가
다정하게 들리기 시작했다.

나쁜 사람이
아닌 것 같네

그 사람이 뾰족하게 세운
칼날의 역사에 대해
조금씩 듣게 되면서부터였던 것 같다.

그런 경험을 수집하고 나서부턴
맞지 않는 사람이 있는 자리가
예전보다 좀더 기대되기 시작했다.

결국 영영
맞지 않는 사람도 있겠지만

너와 나를 나누는 선을 지우는 노력을
계속해볼 참이다.

mindfulness

집순이의 여행

여행에서 만나는
생경한
즐거움도 좋지만..

여행이
더욱 즐거울 수 있는 이유는
돌아갈 곳의 포근함 덕분이다.

나도 잘자고 싶다...

ZZZ

잠자리를 가리는 탓에
여행 중반을 넘어서면
머리와 몸이 무거워지기 때문이다.

집에 가면
편안하게 쉴 수 있으니
힘내서 즐기자..!

그런 이유로 돌아갈 곳의 안락함은
떠올리는 것만으로도
여행 후반부의 든든한 뒷심이 되어준다.

다녀왔습니다

버들이 왔어?

집에 돌아오면
온전히 쉴수기 위한 준비부터 한다.

피곤해서 눈이 마구마구 감기더라도
일단 짐을 푼다.

그렇게 풀 칠 준비를 마쳐야만
비로소 집이 주는 안온함이
온전히 느껴진다.

집을 더 사랑하기 위해서라도
여행을 자주 다녀야겠다.

균형 잡는 중

나타라자아사나를 위해
장요근을 꼼꼼하게 풀어준다.

자니..? 안자니 아사나

한 발만을 바닥에 두고

상체와 하체를 뒤뚱거리 균형을 잡으며

내 인생도 지금
균형을 잡는 중이라고 생각했다.

그릇의 크기를 넓히기위해
반드시 필요한 시기라고.

안경알을 닦아서
그런가
세상이 밝아 보이네

그렇게 생각하니
괴롭게 느껴지던 생각들이
달리 보였다.

이게 답인지는 모르겠다.

그냥 이렇게 생각하고 나면
뿌옇던 마음이 조금 맑아지는
기분이다

늘어난 앞벅지
다시 줄이러...
총총총

몸을 챙겨 움직이고 나니
드는 생각들.

오늘도 내 마음에 들고 싶어서

1판 1쇄 인쇄	2023년 11월 30일
1판 1쇄 발행	2023년 12월 10일
글·그림	버들
펴낸이	김봉기
출판총괄	임형준
편집	안진숙, 김민정
디자인	호우인
마케팅	김보희, 선민영, 조혜연
펴낸곳	FIKA[피카]
주소	서울시 서초구 서초대로 77길 55, 9층
전화	02-3476-6656
팩스	02-6203-0551
홈페이지	https://fikabook.io
이메일	book@fikabook.io
등록	2018년 7월 6일(제2018-000216호)
ISBN	979-11-90299-82-4 03810

피카 출판사는 독자 여러분의 아이디어와 원고 투고를 기다리고 있습니다.
책으로 펴내고 싶은 아이디어나 원고가 있으신 분은 이메일 book@fikabook.io로 보내주세요.